著作权合同登记：图字 01-2025-1512

The Carrier of Ladders
by W. S. Merwin
Copyright © 1970, W. S. Merwin
Simplified Chinese translation copyright ©2025 by Shanghai 99 Readers' Culture Co., Ltd.
All Rights reserved

图书在版编目（CIP）数据

搬梯子的人 /（美）W.S. 默温著；许枫译. —— 北京：人民文学出版社，2025. —（巴别塔诗典）. — ISBN 978-7-02-019446-9

Ⅰ. I712.25

中国国家版本馆 CIP 数据核字第 2025TP5823 号

| 责任编辑 | 卜艳冰　何炜宏 |
| 装帧设计 | 朱晓吟 |

出版发行	人民文学出版社
社　　址	北京市朝内大街 166 号
邮政编码	100705
印　　制	凸版艺彩（东莞）印刷有限公司
经　　销	全国新华书店等
字　　数	98 千字
开　　本	889 毫米 ×1194 毫米　1/32
印　　张	7.125
插　　页	5
版　　次	2025 年 8 月北京第 1 版
印　　次	2025 年 8 月第 1 次印刷
书　　号	978-7-02-019446-9
定　　价	69.00 元

如有印装质量问题，请与本社图书销售中心调换。电话：01065233595

目录

飞机　_ 1

老师　_ 3

猫头鹰　_ 5

不一样的星　_ 7

死亡蜂房　_ 10

山　_ 13

桥　_ 15

手　_ 17

不要死　_ 19

图腾动物的话　_ 20

小灵魂　_ 27

榀梓　_ 29

帕里斯的裁判　_ 30

爱德华　_ 36

不是这些山　_ 39

吹笛人　_ 41

湖　_ 43

教堂　_ 45

四月的平静　_ 47

启程的晨鸟　_ 48

奥比涅的使者　_ 50

遭遇　_ 53

井　_ 54

云雀　_ 56

黑高地　_ 58

靠近　_ 62

火车轮子　_ 64

拉克万纳　_ 66

其他去那条河的旅行者　_ 69

进入堪萨斯的路线　_ 71

西部地区　_ 73

祖尼人的田地　_ 75

故乡　_ 77

二月　_ 78

越橘女　_ 80

小马　_ 82

港口　_ 84

总统　_ 87

自由　_ 89

印痕　_ 90

迫迁　_ 91

旧房间　_ 96

衬衫之夜　_99

修鞋　_101

老　_103

大笑　_105

下雪　_106

冬天的放逐　_108

冰川上的脚印　_110

故事　_112

春天的满月　_113

夜风　_114

早春的午夜　_115

仿佛我一直在等候　_117

管道　_119

平原的开始　_122

登高　_124

废船　_126

恐惧　_128

彼拉多　_135

海岸　_139

赞美诗：我们的祖先　_142

布谷鸟神话　_150

第二赞美诗：信号　_153

笔　_156

祖先 _ 157

声音 _ 159

最后的人 _ 161

第三赞美诗：九月愿景 _ 164

收获之后 _ 167

现在清楚了 _ 168

十月夜只有一片叶子的人 _ 170

来自那条河的女人 _ 171

秋天的深夜 _ 172

宁静的下午光 _ 173

亲属 _ 174

春天的记忆 _ 175

迹象 _ 176

爪子 _ 181

线 _ 185

祝福 _ 187

开始 _ 189

最初的黑暗 _ 191

糠 _ 192

第四赞美诗：裹尸布 _ 193

网 _ 197

信 _ 200

面朝西海的碑文 _ 203

忧伤 _204

轻声呼唤 _205

雨后夕阳 _206

挽歌 _207

花开时节 _208

译后记 _209

……抬死人的人

对搬梯子的人说,

今天是负重的日子,

今天是遭罪的日子。

达荷美①歌曲

---

① 达荷美（Dahomey）：西非中南部国家贝宁的旧称。16世纪初葡、法等殖民者侵入沿岸贩运奴隶，17世纪初形成达荷美等王国。19世纪末沦为法国殖民地。1960年独立，称达荷美共和国。1975年改称贝宁人民共和国。1990年改名贝宁共和国。

飞 机

我们向前猛冲 似将飞起

我想象 众神来来往往
没有离开

我的思想极度分裂又极度绝望
像俯瞰下的牲畜围场
我的意志像被各种限制裹缚的
一具干瘪之躯最后没了形状
我在我的位置上流血

那里看不见
众神本质的赤裸
看不见
耶稣无缝长袍的赤裸

也看不见任何别的
赤裸

这儿①
是天空

你的泪流在飞机的翅膀上
那里我再一次不能
伸手将它们阻止

它们落在后面
随我而去

---

① 默温这部诗集完全弃用标点。粗体字对应原诗中首字母大写（首行大写首字母除外）的文本，楷体字对应原诗中斜体的文本。

老　师

痛苦在这间黑屋里就像一套昂贵
音响的众多扬声器　但哑默
因为唱针和换面
现在冬天　夜越拉越长
一个新年

我为何而活我很少能相信
我爱的人我无法接近
我希望的东西总是四分五裂

但我对自己说　你现在不是小孩了
如果长夜漫漫　要记得自己无足轻重
睡吧

然后快到早晨的时候我梦见
航海书里的开场白

4

那并非始于辩护的肯定叙述

可有一段时间它似乎
教过我了

猫头鹰

这些林子是我的一个弥天大谎
我假装
哦 我一直假装它们
是我的
我磕绊在
较小的谎言中
当夜幕降临
同样地 我的一些
伪装
和你的声音
开始了

是谁 无需带着希望
来这儿搜寻 是
谁 爱着我
我在你的问题前退缩

就像在我自己的问题前
穿过老树枯枝的我
是谁呢
藏起内里颤抖的生物
它不应被唤醒
对着黑夜
最终喊出它的真相

不　我
爱着你的人
趁我还能找点光亮爬进去
也许
我永远不会回答
尽管你的黑暗像我的一样持续
你黑暗中的声音不带希望
也不需要它
呼唤我所呼唤的呼唤
我　我　你
从来不在那儿的人

不一样的星

没有你　我不可能走到今天
记得
无论哪个阶段　我们都可以再次
见它带着

清晰的轮廓出现
痛苦
从那里消失了

所以我们在这里回顾自己
很可能会想是什么折磨了我们
在一个当时看似简单
且无可挽回的时代里　那隐形的
重大困难究竟是何

痛苦由此而来

吾爱

我倾向于认为分裂是唯一的恶

但也许那只是我自己的

它拆开

一天静脉　一天动脉

它主张少

得到的比失去的少

它打破罗盘

无法引导或追随

无法选择将什么

带入悲伤

即使

解放者终将解放

解放者　我们的手

同一故事的书页

它是什么

他们说甚至可以把这变成智慧

而何为智慧呢　如果它此刻

不在

还没有离开此地的失去中

哦　如果我们知道

如果我们知道我们要什么　甚至如果我们知道

星星会指望我们来引导它们

死亡蜂房

岁月还是个小孩

但它初次

爬进白杨的阳光

却假装年长

在由阴影保姆看护的

向东倾斜的牧场上

绿茵已被点亮

一个幽灵钻出了地面

那无名的温暖

存留至今

寂静中

少了一个音符

我哪儿都

看不到你　听不见你

我爬到你的门厅　你无处可寻

花儿在阳光下打盹

就像瞎子

我敲门

一只苍蝇从你入口的

拱廊里走出

我打开房顶

我和光

这是它后来的样子

城市　舞蹈　监护

黑暗

转折点

一个接一个

每一个都是孤立的瞬间

她

转过身

一如既往地服从

娴熟的肢体开始

欢迎

不动的东西

眼睛

能去多远就去多远
等待

在那个它们认识的一切都不会
让它们失望的地方

山

有时候当我想到未来就在
山的那一边
我就躺下来
生怕离开

深夜
我醒来时一张沉重的
网
落在我身上
压迫我
我周围的
空气整个都在呼喊你
就算是
你还在的时候

远处传来一条狗的

吠声

隔着一段未知的距离

无休无止

桥

只有我在动
在这些桥上
就像我一直知道的那样
在每座桥上看动静的
只有我

而我们所知的一切
甚至朋友们
都在静默的铁栏杆间鱼贯成行
来来又去去
我经过　就像栅栏上的一根棍条

回音
从大理石花纹的河流中升起
空钟投来的光噼啪细响
就像一段空胶片

如今
我们生活在哪里
都在哪边和哪边了
你会在那儿吗

手

> ……但你看着不像是
> 地上的造物……[1]
> 　　　　莱奥帕尔迪

还没有别的东西的时候我
见过它们
小小胖胖的火苗在拐角处照亮
我的路
它们一直在那儿等
我

断绝了一切
它们向我而来

---

[1] 引自意大利诗人莱奥帕尔迪（Giacomo Leopardi, 1798—1837）的诗《致他的夫人》。

又一天一夜
引导它们的血液
我醒来发现它们躺在家里
而我的孩子

就像一只躺在翅膀里的鸟
一只昏迷的
鸟　直至它们微微动了
一下
捧着一颗不是它们的也不是我的心
张开了
我俯身去听是谁在跳动

不要死

每个世界它们都可能让我们

离得更远

不要死

因为造出这个世界我

可能永生

图腾动物的话

远方
是我们曾在的地方
但没了我们就成了前方
我躺在灯芯草里想
就算是黑夜也不能随时回它们的
山丘
　　——

我宁愿风从外面吹来
从任何地方的山上
从星空　从另外的
世界　就算
它冷得就像
这个将我穿越的
我的鬼魂
　　——

我知道你的沉默

还有重复

就像死神耳边的一句话

在教

它自己

它自己

那是我奔跑的声音

请求

它发出的请求

你永远不会听到

哦　开始之神

不朽

——

我本来可能好好的

不是现在的我

但一切都好好的

在那些墙　在那些原因中间

甚至没有等待

没被看见

可现在我脚酸无力

在它们的路上

那些老树一次又一次地蹿起

陌生人

那些河流没有名字

那些白天和黑夜没有名字

我是现在的我

哦　主啊　冷得就像鸟儿的思想

每个人都看得见我

————

再一次被抓住　再一次被控制

再一次我不是一份祝福

他们给我带来

一个个

适合任何东西的名字

他们把它们带给我

它们带给我希望

我整日辗转

制作绳索

呼救

————

我的眼睛在黄昏里

等着我

它们仍然闭着

它们已经等了很长时间

我摸索着向它们走去

———

我逆流而上

时不时地涉水

天亮前我的痕迹擦干了石头

黑暗的表面

轻抚着夜

它道路的上空

没有星星

没有悲伤

我永远不会到达

当回想起它曾经的样子我一只脚

绊了一下

一只还在一个名字里的脚

———

我可以把自己转向其他的快乐和它们的光

却找不到它们

我可以把我的话放进精灵的

嘴巴

但他们不会说出它们

我可以整夜奔跑　然后胜利

再胜利

———

落叶　枯草　残枝
世上到处都是祈祷者
从一个个后来
到达
一种从后来听到的
满是破碎的声音
穿越黑夜的
整个长度
　　　——

对我自己来说我从来不是
我的全部
有时我走得很慢
知道从世界到世界有个声音
一个跟随我的
声音
知道我每次死去
都在它赶上我之前
　　　——

我停下时我孤独
在夜里有时这几乎是好的
仿佛我快到了那儿
然后有时我发现

我旁边的灌木丛中有同样的问题

为什么你

在这条路上

我说我会去问星星

你们为什么坠落　而它们回应

我们中的谁

―――

我梦见我没有指甲

没有毛发

我失去了一种感觉

不确定是何

脚掌从我脚上脱落

飘走

云

没什么不同

留在

我身上的脚

轻轻地抓着这个世界

―――

星星啊　甚至你们

也被利用了

但不是你

寂静

祝福

召唤迷路时的我

―――

也许我会来到

我合为一体的地方

发现

我一直在那儿等待

就像某个

新年　发现了五子雀的歌

―――

主啊　送我去另一个生命吧

因为这一个越来越衰弱了

我不认为它能坚持到底

小灵魂①

看　灵魂

灵魂

赤足的存在

血从它身上滴落就像穿过

一口水钟

而泪水涌流在它们醒来之前

我将带上你

最终来到

风停的地方

我们知道的那条河的

岸边

---

① 小灵魂（animula，拉丁文），微小的灵魂。源自罗马帝哈德良（76—138）的一首诗，默温后来将其翻译，收入诗集《天狼星的阴影》（2008），赞这首"简短而神秘的诗……在艺术上如此自信，如此完美，如此令人难忘"。

那相同的水
夜与夜并没有分开的河的岸边
回想起

榆 梓

温柔的榆梓开花了
它们全没了最初的青春
它们瞧不上我
对我了如指掌
某个我离开的地方

帕里斯的裁判[1]

给安东尼·赫克特[2]

很久以后
聪明人能推断出所提供的
并不认识的东西
他们认为苦难应该仅限于诸神
选择他们的仲裁者这一事实
如此平庸的思想和性格
尽管还是个王子

作为一个牧羊人长大
他一定喜欢这个称谓
因为他重操了旧业

---

[1] 帕里斯的裁判,指希腊神话故事"不和的金苹果"中帕里斯最终将金苹果判给爱神阿芙洛狄忒这一裁定。
[2] 安东尼·赫克特(Anthony Hecht,1923—2004),美国诗人。

当她们站在面前
三美
赤裸　女性　不朽
他意识到自己身上除了死亡
一无所有
他箭囊的带子斜挎在
两个乳头中间
让它看上去怪怪的

他知道自己必须作出选择
而且就在当天

灰眼睛的那位①首先开口
无论她说什么他都觉得
自己还有记忆
但记忆里交织着困惑和恐惧
两张他唤作父亲的脸
看到宫殿的第一眼
那儿兄弟们还是陌生人
狗见了他拒不承认有他这个人

---

① 指赫拉。

她把一切捋得清清楚楚　她光彩

照人　她和盘托出

让他拥有了自己的过去　但他看到的

却是她眉宇间的轻蔑

他都听不懂的她的话

全在对他说　带走智慧

带走权力

反正你也会忘记

黑眼睛的那位^① 说话了

她说的每件事

他想象的　他曾经希望的

然而带着困惑和怯懦

他父亲的

王冠　那些王冠　那些向他鞠躬的王冠

他的名字无处不在　就像青草

唯有他和大海

是胜利者

她让一切听上去都是可能的　她光彩

照人　她和盘托出

---

① 指雅典娜。

让他高高在上　但他看到的

是她嘴角的残忍

他听得懂的她的那些话

全在对他说　带走骄傲

带走荣耀

反正你也会受苦

第三位① 她眼睛的颜色

后来他想不起来了

最后开口且娓娓道来

说的都是他的内心渴望

尽管之前他和他的河仙

一直都很幸福

但这会儿他

满脑子都是一个采撷黄花的

姑娘

她无与伦比

这些话儿

让一切都显得那么真切

几乎是近在眼前的

------

① 指阿芙洛狄忒。

真切

它们对他说　带走

她

反正你也会失去她

只有这时他才将手伸向那个声音

好像他能把说话者本人

带走似的

好像他的手里满是

要给的东西

但只给三位中的一位

一只苹果　据说

不和本身就在于一个果实

它的皮上刻好了

给最美的女神

然后一个在特洛伊城门上干活的泥瓦匠

阳光下　他感觉到石头

在颤抖

帕里斯背后的箭囊里　那枚

为阿喀琉斯之踵准备的箭头

睡梦中露出了微笑

而海伦从宫殿里走出来　就像
她在那个季节每天都会做的那样
走进小树林　采撷与她等高的黄色
舌状花

据说它们的根可以止痛

爱德华 [1]

爱德华　我们明天
就走
再去凡尔登[2]吧
我们动身去迎接伟大的日子
绝不死水一潭
绝不

留下的
就是时间了
春天的这个时候
我们出发吧
他们下周会把你的牛
牵到集市上卖掉

---

[1] 爱德华（Edouard），诗人的一位好友。
[2] 凡尔登（Verdun），法国东北部城市。

而荆棘学会了涂鸦

在最初的田野

爱德华　我们已经走了吧

当叶子长出新芽

炎热却还没有

放慢行进的步伐

日子就像那些

高地和你右手边①的

垂死之人

发出一种长角牛的声音

而这里光亮的把手

会蒙上一层雾

东西破了也就破了

在妇人的守护下

羊群迷了路

谷仓

在黑暗中绝望地燃烧

---

① 参见《圣经·旧约·诗篇》16:11："你必将生命的道路指示我。在你面前有满足的喜乐，在你右手中有永远的福乐。"

爱德华　要是不走你会付出
什么呢
昨天晚上又坐在
壁炉边
但我们还想一成不变吗
明天晚上我们还没走
还没离开那些面孔和夜莺吗
你知道我们会活下去
而再也回不来的会是
你和我

不是这些山

不是这些山
挂我嘴上了
虽然我又在打听它们
然后
随着季节的推移
我的声音在它们的山坡上回荡
闪亮的山脚
溪水载着点点灯火
去向一个回声在等的
地方

春天到了
我在我看来
就像南墙上醒来的苍蝇
某个时候从黑暗中
浮现的一点

黑暗

然后消失

它们之间什么也没有

除了太阳

吹笛人[①]

二十年了
从我最初的寻词觅句算起
如今于我
谁的智慧　或某种能留住我的东西
我选择
自行追索这一切的
起因
它遥远　它令人伤心
是的　那时我还是个孩子

后来我长大了
比我希望重来的年龄要大
那个在异乡的阁楼里
汗流浃背的夏天

[①] 本诗影射英国诗人勃朗宁（Robert Browning, 1812—1889）根据德国"吹笛人"传说写的一首著名童诗《哈默林的花衣吹笛人》。

身居高处　但听见下面的吹笛人
一次
便再没离开我的书
那满是孕妇的
逼仄的房子
楼上楼
等待
在那个
太阳是唯一的钟的城市里

事到如今我才能
将它道出
甚至此话
我花了很长时间
才明白我无法道出的是什么
它开始的地方
就像饥饿者的名字

开始啊
我来了
请
准备教我吧
我几乎准备好学习了

湖

你
可曾存在过

天还黑的时候我们的云就散了
然后我就不能像孩子一样贪睡了
我起来找你
带来我的沉默
全部的沉默

这个家里没有父亲　至少

我有我的船
我们彼此为对方保留
一个白色的造物
我智慧的长者
它从岸上滑下时

你沙沙作响

我躺在那儿
薄雾散开的时候我往下看
往下看
哪儿
是印第安村落
据说淹没其中

只要看上一眼我就会悬浮
固定在它的天空里
当黎明逝去
还有晨星
风
太阳
和围绕你的呼唤

教　堂

高墙
白砖　像巴比伦
在悬崖上面朝
上帝的
屋宇

后面高处
单扇窗那儿
朝着河水
那双我小时候
留在那儿的眼睛

一切都消失了
墙已倒塌
圣坛
此刻风中只有我

还站在杂草丛生的岩石上
这儿没有建筑

只有我的双手
它们已认识了它们之间的
新娘
呼唤她
在她不在的任何地方
她是　手

手

四月的平静

一早的薄雾

群山像一架子餐盘

在我喜爱的房子里

远山

昨夜星星有那么一小会儿

停止了颤抖

而今天早上光会来和我聊聊

我担心的事情

启程的晨鸟

如果我能说是 我
一定会对这说是
现在
努力记住存在能够
赐予的祝福
我知道它

从小到大我很少得到
那是呼吸
虚空 那是你

现在我明白了
我一直带着这个
恐惧
一样蓝色的东西
我生命的长度在问 这是

它的位置吗

将它带到这儿

带进这些

光明之鸟的吟唱

它们既非死亡也非未生

一个生命开启　它开启

它在破裂

它会为它童年的

每个悲伤找到机会吗

在它完成

之前

哦　吾爱　这儿连黑夜也返回了

奥比涅的使者[①]

去吧　书

去吧
现在我想让你走
我打开坟墓
活着
为了我们俩　我愿死去
去吧　但如果可以　你再来
来监狱里喂养我

如果他们问你原因
你不要夸我
他们忘记的时候

[①] 奥比涅（D'Aubigné，1552—1630），法国诗人、军人、历史学家。其代表作史诗《悲歌集》中有一首题为《作者致他的书》的附诗。

请告诉他们

真理习惯于

在私下里分娩

去吧 不要什么修饰

不要什么艳丽的服装

如果你心中有什么

快乐

愿善良的人找到它

至于别的人

都是铄金的众口

孩子啊

仅凭

美德傍身

你将如何生存呢

当他们高喊着 **去死** 去死

曾经有谁被吓坏了呢

大多数

我想起这辈子所写的一切

露水
而我正站在干燥的空气里

这儿 有来自我岁月的
花
和希望

还有我随身携带的火

书
烧掉那些忍受不了你光芒的东西吧

当我想到许多人议论的
旧时的野心
在那儿并无意义
我却已感到满足　只要知道
谁在写这本书
然后睡去　知道它

远离了荣耀和它的绞刑架

然后梦见那些在冰冷的泉边饮水
并说出真相的人

遭　遇

夜里一个窗帘的名字
某些无燃料火焰的
妹妹

傲慢的
得意的　不讨人喜欢的
你是怎么找到那些房子的
现在你从那里飘出
那里有人刚刚

但是没有声音传到大门
这里
虽然所有的灯都亮着

井

石头天空下　水
在等待
带着它所有内在的歌
那永恒不朽
它曾经唱过
它还会再唱
日子
穿过天上的石头
无形如正午的行星
而水
守望同一个夜

回声像燕子一样飞来
呼唤它

它一动不动地应答

只有回声

没有它的话音

它们没有说那是什么

只说在哪里

这是一个许多旅行者光顾的城市

心旷神怡地来

抛开了一切

甚至天空

坐在黑暗里祈祷　就像一片

为了复活的静默

云　雀

在无朋无友的时刻
超越它
做你自己
叫声
黑色
寒冷的天空里燃烧的星
颂扬着它
当它坠落于你的
上升

火
在白昼
无依无靠
哪里　和什么高度
它可以开始
我　影子

唱着　我
光

黑高地

牛带来最后的光
狗对它们赞不绝口
一个接一个　它们陆续穿过
山脊上的石拱
而它们的倒影映入冰冷的
渐渐暗下来的小溪
还有那个拿着杆子的人
然后黑夜降临在它的道路上
对它们充满了爱
　　　——
我什么都没吃就走了　所以你会是清净的一个
但你怎么会淹溺在这
布满石头与暗露的干旱之地呢
我摇撼熟睡中的你
然后太阳出来了
我看见你是石头中的一块

——

就像地窖里的一缕轻烟

离去之光

掠过在开裂的谷仓里醒来的狗

猫头鹰换班回来了

石盆里的水已经忘记

我在哪里碰到了冰冷的灰烬

一切井然

——

红隼和云雀　在高高的石头上闪烁

就像两个互相回避的兄弟

在悬崖角上我遇见了风

一个兄弟

——

几乎所有你在大太阳下看到的东西

都在这里陷入了自身

它爬出来的地方就像一篇篇祷文

云的影子

老妇的衣衫吹过不毛地

一棵苹果树还在为自己绽放

——

高地的冷不是山谷的冷

光像风一样移动
远处的人影走得很慢
成群结队放牧着黑暗的碎片
他们的脸就像村子里亡灵上面的灰泥
一样遥远

——

废墟上面的窗
老脸一张
这儿附近很多
不曾有过童年的地方万物苍老

——

哦　有福的羊活着的羊　有福的老鼠
你们俩都没输

——

多年过去了　羊圈里依然温暖
在废弃的喷泉里一根枯枝
上翘
在我看来是从里面吃掉的
我听过一个新传说
说那个地方的圣人现身的形式
是另一种不在场的祝福
当最后一块石头落下他会从水里

升起

蝴蝶会告诉他他需要知道的一切

他沉睡时发生的事情

——

日子的开始与结束就像拱门的两端

伸手去够掉下的拱顶

那儿的太阳在它的光亮中

永远不够高

鸟儿离他的叫喊越来越远

靠　近

闪烁的光在下午突然

一群群冒了出来

无声地

悬在破房子的

上空

门洞里的冷

以及寂静的车站里

发自内心的

音槌①

一行行排列在草地上

河水睡了

正如它们所言

到处都是

---

① 或许指检测铁轨质量的检车锤。

冷　冷　冷

夜晚的天空

在黑暗中

支离破碎

星星出发

离开它们的光

当我醒来

我说我可能永远

到不了那里　但还是

应该靠近些去听那声音

望着身影我朝它们走去

它们飞走了

鸟儿

没有一只引导我

害怕

去那温暖的废墟

迦南

战斗的地方

火车轮子

好多年它们还在那儿
还是默默无闻
在它们山脚下的黑暗轨道上

它们身后的山洞
无尽的天空之死
长久未燃的车头
铭文模糊

车厢
已被唤入了天空
一个消失的天空
但它们在锈迹中一动不动地等候
太阳的行列
为另一种生活

它们前面

轨道出发穿过高高的乳草

没有触碰

为我所有的旅行

拉克万纳[①]

在我身上你开始的
地方
我从未见过
但我现在相信
它升起黑暗
却清澈

后来当我住在
你经过的地方
你已呈黑色
移动在煤气灯下
通红的窗边

[①] 拉克万纳（Lackawanna），这里指拉克万纳河，是美国宾夕法尼亚州东北部的一条河流，它流经的波科诺山北部山区曾经是美国的一个无烟煤中心，河两岸在19世纪形成了一个工业中心。它的名字来自当地部落语言莱纳佩语，意为"浊流"。诗人童年生活在这条河边。

听话的孩子

我躲着你

在你一座座桥的大梁上

我跑

被说得害怕

听话

桥拱从来不会去碰你

奔跑的影子从来不会去

看

那些铁制

和黑色的冰从来

不会停下脚底的振响

恐怖

一个真相

独自住在脏兮兮的建筑里

街头的一缕烟

一片眼皮或一口钟

一年到头的一个黑色冬天

就像一粒尘埃

在沉默中融化和冻结

你从下面流出

穿过黑夜死者漂了过来

所有后来

发现的死者　没有人

能够辨认

被说得害怕

我将黑色唤醒至膝盖

所以已经发生了

我踩到了你

两只脚

约旦① 啊

太长太久

我在远处感到羞愧

---

① 约旦（Jordan），这里指约旦河。在《圣经》里，约旦河占据举足轻重的位置，施洗约翰在约旦河为耶稣进行了施洗，约旦河因此也被称为圣水，象征着灵魂的洁净与更新。

其他去那条河的旅行者

威廉·巴特拉姆[①]　你
出现在了多少人的睡梦中啊
像火焰一样他们爬进
你的眼睛
站在那里眺望着众水之父
身后是黑夜
东方
你站立的那处高岸
很快就要崩塌
你会在他们出生前死去
他们会毫无记忆地醒来
而在河上
同样的日子

[①] 威廉·巴特拉姆（William Bartram，1739—1823），美国博物学家、植物学家和艺术家。

又在赢取它的空虚之花

头顶飘过的大地之声

裸舞着

以为没人看得见它们

进入堪萨斯的路线

早先的货车没有留下任何痕迹
没有烟雾出卖它们
路线在草丛里坚持　我们来过
整个晚上太阳在我们身上滴血
而伤口让我们白天行动迟缓
它会愈合吗
那儿

我们几个
晚到
我们相互留了名字
卷起来塞进他们的老钟
我们睡觉的时候纸卷松了
有东西在吃它们　然后就是吵醒的一阵
丁零零

当白昼来临
曾经属于我们的影子回来找人
在我们前面站上一会儿
然后消失
我们知道自己被监视了
但没有什么危险
没有什么活物等着我们
没有什么是永恒的

我们被分散的子宫引领着
一路来到这里　左挑右选
不知道该下哪只脚
我们就像一口口水井
移动在大草原上
一种盲然　一种空虚　一种寒冷的源头
有人愿意见到我们吗
在这个新家

西部地区

有些日子过久了　甚至连太阳
都显陌生
我观察那些流亡者
他们的步伐
仍然坚守他们古老的信仰　没有人
会在流亡中死去
当唯一的事实是死亡　而不是流亡

无疑　人人都知道有个西部地区
发现了一半
他以为是在那里　因为
他以为自己离开了它
它的各色名字依旧写在他那个时代的
太阳下　他认得它们
但他永远不会踏上它们的土地

隔着某些距离 我再也
无法入睡
我的同胞比他们的明星还残忍
我知道是什么把这些
长长的锉子绵延到了山里
每个带枪的人
他的脚
离地一指宽

祖尼人[①]的田地

那位独臂的探险家[②]

只能触摸到半壁江山

在处女地的那一半

屋子里的火发出的热量

并不比星星多

这么多年来一直如此

没有流血

他早就死了　连同他的五根手指

和它们触摸的总和

还有另一只手的

记忆

[①] 祖尼人（Zuñi），北美印第安普埃布洛（部落）人，主要居住在新墨西哥州西部，农业用人工灌溉已有千年。
[②] 指约翰·威斯利·鲍威尔（John Wesley Powell，1834—1902），美国军人、地理学家、探险家，因1869年沿格林河与科罗拉多河的探险而闻名。内战期间他在夏洛战役中担任联邦炮兵军官时失去了右臂。

他的侦察员

没有从它抵达的地方
发回任何信息
它的掌心里线索全无
虽然他平衡
再平衡
摸索
那片处女地

找到了它曾经所在的地方

故　乡

天空依旧活着　它依旧

活着　天空

它的血管里布满西部的

铁丝网

而太阳西沉

将一根尖桩

捅进安德鲁·杰克逊①的黑心

---

① 安德鲁·杰克逊（Andrew Jackson，1767—1845），美国第 7 任总统、民主党创建者，他负责了将东部的原住民部落迁移到西部。

二 月

谁都不关心的黎明

回家了

朝着玻璃绝壁

一种

无需表情的表情

河流披着冰冷的羽毛飞

飞啊飞

飞离它的身体

黑色的街道暴露它们的血脉

夜

继续活在制服里

在头条的沉默里

在胜利的承诺里

在旗帜的颜色里

在心的一个房间里

当结束与开始

仍有成排的

众门把守

手牵手

死者守护着无形

每个都在颁发它的启示

我一无所知

向我学习①

---

① 参见《圣经·新约·马太福音》11:29:"我心里柔和谦卑,你们当负我的轭,学我的样式,这样,你们的心灵就必得享安息。"

越橘女

陌生口音的女人
不明的来历
与我所学毫不相干
在不属于任何人的夜晚
你爬上屋子后面的山
荆棘丛沉睡在
它们的话语中
天亮前你把背
驼得像一座小山
双手侍弄着浆果

而我醒来只因那声叫喊
当洗衣盆从你头顶
掉落的时候　窗下的
巷子正深陷在
远处绵延而来的蓝色中

那无星的小小天空的翻卷

你在它们中间

转动钥匙

打开群山脚下

那条没有照亮的

河流的存在

我和你一起漂流于

它黑色的溪流

哦　失去啊失去　直叫人悲伤

感觉它的道路向上

穿过石头与石头的

剑拔弩张

随它去吧

我们既来之则安之

且听木造的回声

那黑暗中船桨的咳嗽

不管它们是不是我们的

我们就跟着那声音

小　马

你来自别的森林
是吗
小马
猜猜我认识这些深色的枯叶
有多久了吧
没遇见你

我谁都不属于
如果我知道怎么做　我会想要你的
很长一段时间这地儿空空如也
即使在我睡梦中
像曾经的我那样爱它吧
我也不知道究竟少了点什么

我又能告诉你什么呢
我不会问你是否愿意留下来

或者你是否会再来
我不会试图拴住你
我希望你能跟我到我站立的地方
时常睡了醒醒了睡的
在耐心的水边
水　它无父也无母

港　口

河流缓慢

我知道我迟到了　但不清楚

有多迟

在裂片似的渔港里　寂静

从早已风干的

钉子那里飘来

窗户虽咔嚓作响

却还固定在时空里

以一种我没有且从未有过的方式

船都不见了踪影

除了

靠码头的一艘

积满了水

我腐烂的海服绑在船头的

木桩上

一张白便条钉在那儿的铁罐里

白色的字

我来得太迟我无法读取

我想说的是　我已经知道我们是谁了

我想说的是

想想吧　想想

我们的声音

透过盐

它们在头脑里

在死亡中唤醒自己

不止于此

我想说的是

千真万确

在我们的语言里　死亡随时

可以在交谈中听见

在它们的木屋里踱步　震颤

那些干花

但它们已经忘了自己是谁

我们在它们头脑里的声音
用别的语言唤醒童年

但整个镇子都已出海　没有一句话
带上我的声音

总　统

羞耻的总统有他自己的旗帜
谎言的总统引用上帝的
声音
最后的指望
忠诚的总统向盲人推荐
盲目
哦哦
鼓掌的手就像倒吊者的脚跟
他走在眼睛上面
直至它们破裂
于是他翻身上马
并没有悲伤的总统
那是一个绝对
没有色彩的古老王国
从未见过它的统治者
有祈祷者将他祈盼

也是像皮肤一样的空旗帜
让在辽阔大地上奔跑的信使静默
张着一张
黑嘴巴
让从悬崖上摔下的攀登者静默
张着一张像在
呼喊的黑嘴巴
只有一个主题
但他不知疲倦地
被重复

自　由

离谋杀还很远

车辙就开始渗血

但没有人听见

我们的声音

在染红的脚发出的声音上面

它们把空旷的道路留给我们

它们离开我们

去找同伴　去找信使

去找信号

那秋天的叶子

在冬日的窗前

我们移动在它们中间

双重隐形

就像触碰盲人的空气

我们离开时它们说我们永远和它们在一起

印 痕

白色小路的上空　号角
将从一个看不见的墙头吹响
目光所及处　床都是空的
收拾得纤尘不染
每个旅行者携带物品时
留下的浅印

路上走过的每一步都恢复了白
而旅行者从来不会
相遇在单一纵线上
他们加深同样的
阴影

当雪在下

迫 迁

致漫漫无尽的部落

一、行进的队伍

当我们
再见到这些房子
我们就会知道我们最后睡着了

当我们
在路上见到泪水
它们就是我们自己
我们清醒着
我们曾是它身上的
叶子的那棵树已被砍倒
日子不认识我们了
我们穿越的那条河尝不出咸味

我们的脚掌是黑色的星

但我们的星是

光的主题

二、无家可归者

钟一直在打点

回声移动在档案里

他们的脸

已经迷失

盐之花

来自失落语言的舌头

被夜的碎片封闭的门口

三、幸存者

尘埃永不落定

但透过它的舌头　步行而来的舌头

拖着脚就像呼吸

但老话语

仍在它的故乡

死了

四、迫迁者的穿越

在那条河的河底

黑色的缰绳交叠

河水试图安抚它们

泥浆试图安抚它们

石头不停翻转

也想宽慰它们

但它们不会治愈

轮圈在那儿割

影子在那儿锯

携着

哀悼者

和一些用过马

中途让缰绳

从挽具上掉落的人

远处的河岸上　缰绳

隐身而出

五、被带走的寡妇

我喊我不离开这里

那黑色小路上的烟缕

是我的孩子

我不会离开

我温暖过的家

但他们带着我走在亮光里

我变黑的脸

我红红的眼睛

我离开的每个地方

一个白色足迹

追踪者会跟着我们进入寒冷

河水很高

船都被偷走了

没有鞋子

而他们假装我是一个新娘

在去新房的路上

六、反影

路过一扇破窗

他们看到

黑暗的楔子打进了他们每个人的

身体

这还不算

它撕裂他们

散开头发

赤裸脚跟

最后他们消失了

归档在一个个空房间里

旧房间

我在犹太会堂对面的旧房间

死去的主席挂在壁纸里

他正缩进那一小片阳光

伴着它的人潮和隐匿处　在他死后的

寂静中

游行又在集结

有轨电车充当它的乐队

它正在形成　我听见拖曳　低语

哽咽　然后研磨的声音开始了

慢似冰的融化

他们将会经过那所房子

密匝匝的队列贴附着铁皮电车

在他们背上缓缓移动

那些黑袖套　那些手指　挥舞似旗帜

我被禁看

但那些脸除了眼睛都被包住了

黑暗从绷带中涌出

散发

它的面包和鱼　当路的两旁

警察　市民　老老少少

用铁栅阻击这条沉闷的街道

要是我喊　不是我　它会停止吗

要是我举起一只手臂

去阻止它呢

我举起一只手臂　整个手臂保持白色

干如沙滩

阵阵微风拂过

一个明媚且宜人的地方　我将它伸出

它离我而去　它迎向他们

负责那人是家里的一个朋友

他看到它时微笑着握住它的手

他给它它的铁栅

它没接住

我被禁看

我在石星对面的旧房间
月亮在薄雾中爬升
街道空空荡荡
除了黑色的液体
在冰的轨道上流动
想要呼叫
等等
但电话都被选举占据了
街角有个投票站　我不能进去
但我可以从药房的窗户往里看
那儿墙上的死亡数字整晚都在变
要是我投下不是我的票他们会复活吗
我进去时我父亲已替我投了票
我说不　我要以自己的名义投票
我投了票　数字又在墙上蹿升了

我在夜对面的旧房间
那一声长啸即将绽放
它根植于火焰
如果我喊　不是我　它会
穿过那些钟声吗

衬衫之夜

哦　成堆的白衬衫啊　谁来
以你们的形状呼吸　谁来携你们的号码
出现
这儿
怎样的心在向它们的衣服移动
它们的日子
怎样的烦恼在双臂间跳动

你们透过彼此仰望
都说什么也没有发生
它走了　它正在睡觉
讲了同样的故事
说我们存在于
众神的眼中

你们仰面而卧

伤口没有造成

流血尚未听见

船尚未变作石头

而连接灯泡的黑暗电线

满是未生者的声音

修　鞋

给查尔斯·汉兹利切克 ①

动物预定的死亡后很久

它们的皮成双成对

到了这里

清空

从人与人

道路之间的众多

转折中

小街里巷

灰暗的墙边微弱的灯光之上

它们走了一小段的

无穷之路

会聚到一起

---

① 查尔斯·汉兹利切克（Charles Hanzlicek，1942—　），美国诗人。

两两成双排着队等待

脚掌 ①

面具之眼

来自永远迷失的文化

在别样的生命里

我们会认出那气味

赤足

走进这方舟

见它亮起却空虚

命定的架子

摆满那获救的

独自出门赴死的一对对

---

① 脚掌,原文 sole,与 soul(灵魂)谐音,构成非典型双关。

老

这些蓟田都是老人了
他们相信他们拥有的日子
坚守它　就像一支军队
现在他们全都瞎了
一种陌生的白　紧紧抓住他们的脚
他们的头发吹向大海

——

苍老的眼窝
雪落下时　你抬头去望
满眼的乳汁
说有一样东西我们没找到
那是一个孩子
既然它从未诞生　我们又如何认得

——

当它们濒临灭绝时　鸟儿加入了浩瀚
成群的祈祷者盘旋在海湾上空

在一去不回的光里
而老人以为那是雪
慢慢落下　停在白昼的天空里
抑或星星　星星

大　笑

大神们不是瞎了就是装瞎

发现我置身人群　我睁开了眼睛
他们抖身大笑

下 雪

给我的母亲

有时　在黑暗时刻
仿佛我是一粒火星　攀爬于
漆黑的道路
我的死亡助我向上
一个白色的自我助我向上
像一个兄弟
长大了
但今天早上
我看见儿时挚爱的沉默的亲人
夜里一起从他们
记忆中的故乡
到达这里
所有事物都陷入了回忆
我吃手里的东西
多年来一直都是杜松

口味至今未变

我正重新

开始

但在某个我不知道的村庄里有口钟响了

然后听不见了

然后阳光里　雪从树枝上落下

将它的名字留在空中

还有一只脚印

兄弟

冬天的放逐

给理查德·霍华德[①]

从北方伸来的一根根魔杖

光的长问题

从我家乡降到了我们中间

即使在白天

而它们的发现记录在了

沉默之外

蓝眼睛盯着指针

哦　渐渐会看见的　他忆起

穿越牧场的寒冷的黄昏

隆起的墨黑的干草堆

沿着黑暗

那夜雪的

颜色

[①] 理查德·霍华德（Richard Howard，1929—2022），美国诗人。

所以　即使在白天

魔杖伸向外河

向着深深的暗影

在我们头顶上追索

就像慢显底片上的星星

迁徙者

真正的迁徙者

已经去了无限远

黑暗的迁徙者

灵魂

向外进入了寒冷

但在我家乡

它还会再度黑暗吗

那儿从灯柱上垂落

<u>丝丝善意</u>

用它们稳定的光填满街道

冰川上的脚印

这地方一年到头
都有风从峡谷吹出
抛光一切
今天这儿有些脚印像是我的
生平第一次
结了冰
指向寒冷的天空

昨晚有人
在烛火上前进　再前进
匆匆走上
一条痛苦之路
很久之后我听见回声
和我的一些联系一同消失

我扫视陡峭的山坡　搜寻最近

出现在这儿的一个黑点

我两只手去摸

熔化的石蜡

像一个盲人

它们终于

都进入了自己的季节

我的骨头彼此相望

努力记住一个问题

我看的时候万物静止

但这儿墨黑的树林

却是一场大战的墓地

我转身时听见身后

离开树皮的一个个名字

越来越多　它们飞向北方

故　事

历经许多个冬天　苔藓
发现树皮碎片捣成的锯末
说　老朋友啊
老朋友

春天的满月

夜送这只白眼睛

给她的雪王哥哥

夜 风

穿过整个黑暗　风寻找
它所属的悲伤
可已经没有悲伤的
容身之地

我也找过了
只看见无名的饥饿
从星辰那边观察我们
祖先

和漆黑的田野

早春的午夜

某个时刻　几片老叶飘了进来
战战兢兢
一起躺下然后没了动静
如今的夜坏事成三
就像在危急时刻
苍蝇
像哨兵一样睡在昏黑的窗玻璃上

某个陌生的祝福
正向我们走来
某个被忽视了几世纪的祈祷
即将授予这个地方
从不祷告的人

你是谁
囚禁中发出的冰冷之声

升起
希望的最后殉道者
语言的最后遗言
末子
悲伤的另一半
你是谁

这样我们也许就知道为什么
明天
溪流醒来的时候我们是自由的

仿佛我一直在等候

总有一天　会下起雨来
从某个寒冷的地方
树枝和石头　会阴沉着它们的脸
盐① 　会从破旧的善神那儿
冲下
哀悼者　会等候
在山的另一边

而我　会记起很久以前
在错误的时间听到的
那声召唤
手　隔着漫漫归途
会彼此相忘

---

① 参见《圣经·新约·马太福音》5:13："你们是世上的盐。盐若失了味，怎能叫它再咸呢？以后无用，不过丢在外面，被人践踏了。"

某个方向　会抛弃了我的脚

它们的路

日复一日

徒劳地奉献自己

最后消失

就像一种颜色或肘部的衣料

天快黑的时候　我会激动

很晚的时候　我会伫立

仿佛我一直在等候

然后出发　进入天气

进入虚空

经过雨之树

经过哀悼之树的背后

名字的背后　黑暗的

背后

无缘无故

听不见任何声音

没有任何承诺

我向自己祈祷

要清醒

管　道

给艾德丽安·里奇①

新的寂静

在结束和开始之间

那从未命名的行星

因为它暗

爬进夜

别的事物不为所动

月亮　星星　黑漆漆的洗衣房　时间

都停摆了　都看向了别处

站立的肺

一座冻结的森林

没有空气进入

它们继续站立

---

① 艾德丽安·里奇（Adrienne Rich, 1929—2012），美国诗人。

就像管道的影子

那是这座伟大城市

所剩的一切

隐形的建筑　熄灭的窗户

它成串的名字被抹去的

烟雾

还有它

处于静止符的火

开关的关

只有这些管子[①]

没有楼道　没有电梯

没有墙　没有梁

从屋顶的灯光中醒来

在黑夜里生长

成排向上拥挤

将它们盲目的希望带至荒凉的高处

它们张开的黑嘴锁定空洞的星空

在黑暗的行星之间

一种饥饿　一种崇拜

---

① 管子，原文 pipe，与"笛子"双关。

钟面的继承者

在它们的脚①中间
我的心还在兀自跳动
想着它能理解　也许还能供养它们

---

① 脚,原文 feet,与"韵脚"双关。

平原的开始

在城市陡峭如山的桥上我变换着乡村
遵守诺言的这一个
是回家的路

寒冷已从那儿过来
带着它的秘密辎重

白色天空里　那忽隐忽现的光
就像飞翔的翅膀

平原开始前
在最后几家昏暗的店铺里
什么也买不到
那儿仅有的几个货架
专为节假日的孩子和亲戚保留
他们浑然不知

没有旗帜的风
向着城市的后方
进军

当平原开始
我认出了最初的饥饿
就在我脚下

登　高

我已经爬了很长一段路
那儿有我的鞋子
渺小的幼虫
黯然的双亲
我知道它们会等在那儿抬头仰望
直至有人引导它们离开

等它们到了那个
适合它们年龄的地方
无话可说地待在那儿
拉长的幽影
只不过是它们之间的
穿戴

我可能已经到了第一片
光秃秃的草地

在空中辨认

眼睛因其茫然

而转动

知道自己被迷路的

沉默的

赤足的唱诗班看见了

废　船

水本身正在离港
列队等着离开的
一片微光
在那儿我就是
那个小小孩　那个最后
与巨轮独处的小小孩
一定是以寂静命名的吧
那铁鲸侧睡在
令人窒息的港口
一个在一种未知的
未知语言里
锈掉的名字

没有人会过来
用一个名字叫我
绳索终止如水

墙壁仰面而卧

身上洒满尘光

如果我们启航我就能航行

我就能永远

穿行于锈迹斑斑的通道

带着我的恐惧伸出手

伸出手

没有父亲

恐 惧

恐惧

恐惧中

有恐惧　名字　蓝色和绿色的墙

坍塌　及其数量　恐惧　叶脉

当它们被打开　流出的恐惧及其

呈现的这些形态　一圈一圈一圈

一点儿草绿　天鹅绒滑动

恐惧进入恐惧　敌意　万物皆有的

某样东西　那是我死亡门徒的

屈膝礼和恐惧　不　他再也不愿

挽回那些生活和它们的恐惧　就像

他会说的　他恐惧　但他更恐惧自己

不再恐惧　他事实上对一切都

更恐惧了　它存在的时间

和我一样长　它就在那些

实际可验证的蓝色和绿色的

墙里面　事实上会呈现

一圈一圈一圈的形态

我应该说　呈现玻璃巨人

大厅里的形象　　右边第三个

展示是恐惧　我在　我恐惧

雨点降下恐惧　红的恐惧　黄的恐惧

蓝的和绿的代表它们深度等等

恐惧等等　水　火　土　气

等等　在一切由人的或神的

力量构成的事物中　恐惧

也在回答里　也会刺穿你的

胸膛　恐惧　三个聚一起

四个五个等等　最亮的白昼

最长的白昼　它自身的恐惧　光

它本身　九个村里裁缝恐惧

他们的线　如果不是他们的针　如果

不是他们万物皆针的话　它就在

这里　这里是纽约　除了每块

埋葬亚伯拉罕的石头里

那另一名下的恐惧　它还是

婴儿可爱脸庞的恐惧　还是

草绿小巷的恐惧　哦　大约夜的

第三时辰　它所在的那些地方
依然光亮　恐惧降临　我亲爱的恐惧
无处不在　它紧挨着面包师
烛台匠　要是你知道我当时的
回答的话　还有小鞋匠的恐惧
他的鞋楦是一个恐惧　所有的
鞋　鞋线　晾衣绳　任何衣服
血缘之线　一切的一切
皆有恐惧　它是第三按钮
记录恐惧的书　瓶子和它里面
装的东西　一切　生命　死亡　向内
凝视着那里的虚无的灵魂
沉船　穿过阴影的小径
我的阴影　我　如果不是我
突然恐惧从西方降临
唱响那首伟大之歌　那就不必
恐惧　不必哭泣　其他人会
在恐惧这个屋子里默默筛盐
那儿我熟悉你所有的
前世　回忆起你父母的
恐惧和你父母他们的恐惧　因
你的父母和为你的父母　都不会

因为这决定性的一切而湮灭

这是决定性的三振出局　先生

太太　小姐　我形单影只　小石子

恐惧遗忘忘了回忆

它是我亲爱的恐惧　我那看见

恐惧的嘴巴　我醒了　我没醒

恐惧　如影随形就像我的亲兄弟

恐惧　我的死亡妹妹　在高高的

悬崖上　面朝那扇让人恐惧的

小拱门　或者一眨眼的

工夫　左手第二个

手指的轻扣　风它本身

恐惧　我永远孤单　我就是

恐惧　我孤单　我恐惧我

并不孤单　无法分辨你的呼吸和恐惧

因为那是你的呼吸　我分辨　我

也应该能够解释　我恐惧我

完成了对一切的恐惧　有恐惧

而我要为自己说话　但恐惧

说　要遵循逻辑　但我凡事

都有所精进　所以发现

地理　历史　法律　喜剧

恐惧　法律　诗歌　大先知
小先知　它们在黑夜里传播
黑夜是一位母亲　是一道
穿越恐惧的引导之光　在它面前
它们在红玻璃里成排燃烧　向上流血
它们的心在尘世的狂风中冒烟　就像
是在天堂　审判始于天堂出现
或尘世因恐惧而被召唤之前　全都
开始感到恐惧　鸟儿一根根羽毛
一个个音符　一只只眼睛刺穿　他是我
在永恒中最遥远部分的邻居
我能把天堂连到一起吗　当恐惧会
恐惧的时候　那些恐惧中行走的人会看见
恐惧　他们此刻的形态和存在　因为
他们的眼睛会被打开[①]　它正在
一切事物中发生　我忘了　但如果你
站在这里　你可以看见恐惧　那个新建筑
开始崛起　我们的孩子会
因此恐惧那些瘸腿的狗　虫子

[①] 参见《圣经·旧约·创世记》3:5："因为神知道，你们吃的日子眼睛就开了，你们便如神能知道善恶。"

不存在的人　那像蜡烛一样燃烧的

亡者　哦　黑暗的火焰　没有你

一切都是冰冷的光　进港的船

和一条漫漫长路　恐惧跟随前

我永远不会穿越的长路

气味承受恐惧比凡人还快

我告诉你　我请问你　我要死了

今天我在这里　这里是纽约　我

不只是一个人　或许两个人可以

忍受恐惧吧　陷入困境的路和

走出困境的路相同　恐惧　下一个地方

下一个　我说　恐惧　来吧　你

说你呢　排好队　到你了

不用恐惧　所有事物都命悬

一线　那是事物的边缘

事物之光　你看不出它们

在燃烧吗　还有那漫长的哭泣

你也不曾听见吗　我的意思是

你又恐惧了　它不是给陌生人用的

陌生名字　女士[①]　他谎称　我的

[①] 出自一部1955年的美国电影《明月冰心照杏林》(*Not as a Stranger*)。

意思是　有你恐惧我恐惧　但你
千万不要想象恐惧　穿越它
存在像星星一样移动　我或者你
一样的清晰　一旦开始了
始终可以再现　因为从一开始
万物皆有恐惧　它就是
我　一直存在于万物　它
就是我

彼拉多[①]

它有

自己的生命　无论它

侍奉暴君多久　所以也有一个

自己的天堂　它自己的血对天的呼唤

应予恭听　当他们喊着钉上十字架

处死他的时候　你为什么就

看不见呢　除非它正和那些

你觉得没有它也能看见的目标

挽手而行　瞧　帝国本身

是不可见的

也有它自己的未来

预言无名地在陌生的土地上

[①] 彼拉多（Pilate）：公元1世纪罗马帝国驻犹太、撒马利亚和以土米亚的总督（26—36年）。据《圣经·新约》，耶稣由彼拉多判决钉死于十字架上。

醒来　在未生的舌尖那些
音节复活　凝望　那是天堂吗
所有寻找旧手的痛苦再度浮现
但你这么以为千万不要因为
百夫长的报告　边境上的
日食　和吹过木栅栏的
死人的胡须　但那儿风里
没有苍蝇　只有哭泣的沙子
长长的箭　亲吻的箭
因为这个男人妻子带着余梦
穿越而来的箭　但那是
放眼未来的一扇扇破窗
帝国的视角各不相同
所以它本身就是梦　一个人航行
怎可脚踏多船呢　帆船　战船　划艇
一次只用一桨　即使
岸上听见了划水声之后
那还是一桨

你也不应想象自己
晚于　远于　或者高于
所有那些舌头　在无肺的

旗帜下面　舌焰在手臂顶端
点燃　那琥珀中的畏惧
那阴影前翻滚的沉默
在墙上燃烧着黑暗的呼喊　或者
穿过浴场走很长的路回家
长袍淋漓　双脚越来越裸露
而黑暗的翅膀消失于
白昼的裂隙

这被称为外来的
裁决　他们就是这样　勉为其难　因此
应对无视它自己的生命负责
黑暗的酒　黑暗的喉咙　呼唤
那悬在旗帜上　直至
像旗帜一样倒下的呼唤
旗帜从墙壁　墙壁从天空　它的烟
它的鹰　我安插于此又能改变什么呢
我不是来改变的

我能改变自己吗　我的手
和它们的梦　一个属于它们自己的生命
自己的天堂　自己的未来　自己的窗

洗手有用吗　我岂能改变我出生前的

他们　因为没有我他们一样行事

与目标手挽手　可是瞧　对于这些

我是不可见的　这个男人　外在于我的

它自己的生命　它的烟　它的鹰

以及木栅栏　今夜

最后一餐后　士兵们

篝火外围的那些手

在飘摇的夜色中比划

在黑暗里清洗　就要回家

而黑暗会让自己融入

他们的祈祷

海　岸

我们转身　听见远处内陆
传来同样的笛音　坚定
互不相识　但已经
裹进了我们各自都将穿上的沉默
两山拥一谷　我们离开后
白昼进入了这颗珍珠　我们
聚拢到一起　就像在各自黑暗中
奔赴海岸的溪流

在那儿　尽管只是借着一张老皮
泛起的幽光　我们还是见它
出现在黑暗中　那刻划的
洪流里　劈波斩浪昂起的船头
那爬上船舷的木胸脯上的

伤痕①还有后面上下打量着

黑夜的船身　这一家子

我们看不见相似之处

因为它钻进　迅速钻进

岩石丛生的平原　古老石头的

蛋卵　铅黑的砾石在麻鹬的尖声下面

一遍遍冲刷　而那不间断的

笛音　仿佛来自一颗行星

迅速飞向我们的眼睛　我们

注视着那个无色的船头　魁梧而

年长的一个　头戴绒帽　身上的长袍

黑如砾石　他远处嶙峋的

海岸露出了天空的白

离海浪稍远的另一个　还年轻

一个光着头穿着靴子的渔夫

我光着脚　而其他人

可能已经聚集在我们身后　家里

本来可能已经生火　但我们再也

---

① 指溅上船舷的海水，因"（前半部）船舷"和"胸脯"原文均为 breast，故有此笔。

看不见身后了

除了跟随笛音离开海岸的
舌头的拖拽声　我们什么也
听不见　沉默的鸟群在它们的
黑暗之旅中飞过　它正以
一种忽略坚硬元素的速度加入
我们等着　等着它凌晨时
所带的东西　因为我们相信
它再也承受不了生命　当白色的影子
升上了天　一个像灯笼光束一样的
身影似乎站在船里　但此刻　尽管空船
显然更为靠近　但那光很快就会
落到它初升的地方　于是我们用心记住
那地点　那儿夜里砾石会发出刮擦声
要是龙骨碰到的话

赞美诗：我们的祖先

我是快乐之子　可他认识我吗
我是希望之子　可他升入了天堂
我是和平之子　可我寄人篱下
我是失去哥哥后的悲伤之子　可我在他生活过的
　　生活中已经睁开了一只眼
我是阴影之子　出于尊敬我拉上我的窗帘　可我
　　不安地依附于光
我是爱之子　可我的家　黑色的洗礼杯　和还会
　　想起我给它们起的名字的惊恐之眼在哪里
我是亚弗①部族之子　它搭起空帐篷　在可以防
　　御的地方扎营　并因此为人铭记　可我发现不
　　可知的东西无需防御
我是岩石与诱惑之子　可也有一些介于两者之间

---

① 亚弗（Apher），根据公元前2世纪犹太作家克勒德摩斯的记载，亚伯拉罕和基土拉的一个儿子名叫亚弗，非洲以他的名字命名。

我是恐惧之子　可我自己发现的

我是鱼之子　它第一个爬上了岸　可消息还没有传到我这里

我是三花之子　粉红　玫瑰红及其他　或者它的皮制雕像没人教我它的名字　它们的枯萎让我不寒而栗　三个全是　可它们会比我活得更久

我是未来之子　可她只给我看她的黑色面纱

我是未来之子　可也是我自己的父亲

我是未来之子　可我的家　黑色的洗礼杯和厨房窗下的灌木丛里传来说他们不是我父母的警告之声在哪里

我是玻璃墓碑之子　在刚犁过的田里　它的一排排犁沟在研究露水的铭文　单名生命　太阳升起时在流泪　可那条河上再也没有声音了

我是偷水贼之子　他逃走并建立了一个透明王朝　可喷泉还在追随

我是石膏骨之子　它是千禧堂里最古老的重构件　可我所有的年龄都是唯一的

我是伯特利①的铙钹之子　它像一只碎裂的碗回

---

① 伯特利（Bethel），希伯来语，意为"神殿"，参见《圣经·旧约·创世记》28:19："他就给那地方起名，叫伯特利。"

应象牙　骨头　铁　木　铜　毛发　金　内
脏　玻璃诸般乐器　通过这神圣乐团的世代相
传　一个残缺之声在宝座前等待着被同类发
现　它的孪生兄弟　它的另一脸庞　太阳　凹
窝　一样的圆盘　一样的合金　另一半　它自
己　它的铙钹　这样它就能发出自己真正的声
音　可只发了一声

我是未知财富之子　可我也许会劳苦一辈子　除
　　了一粒芥菜籽　什么也没有留下
我是感恩之子　可它的语言在我口中总是怪怪的
我是手套之子　一条上游河流的手套和一棵树的
　　手套　可花园周围总共有四条河　我从一开始
　　就尝到了盐的味道
我是四子之子　圣路加纪念医院索引心脏分部
　　T18侧楼83室9区5层玻璃过桥上方7架2
　　排右边罐子里的四子　可我出生前他就死在了
　　异地
我是卡加兰之子　他是无鼻君主时代的一只蚂
　　蚁　争相效仿的榜样　一只琥珀瓮和一面飘着
　　它画像的旗帜　因为他曾与探头种子之疫作斗
　　争　直至黑暗将他拯救　可如果我醒来　如果
　　我记起　如果有人提及一项负担　或者今天是

星期四　我就会习惯性地感到害怕
我是七大应许之子　是最后一个活着再见到它的人　可子宫可能没在听
我是词语**安静**之子　在不育期的天使来到门口之后　可就在同一天　她失去了记忆　她懵懵懂懂就生了孩子
我是酒后强奸之子　在一个野蛮帝国的退伍军人大会上被帝国的争论缠住　可愿尔名见圣
我是尤特人[①]的饥荒之子　犹太人的折磨和毒气之子　嫌疑犯的审讯之子　村庄的焚烧之子　羚羊的喉咙之子　驯化者的截肢之子　灭绝者的呼喊之子　我承认无知　我无知　可做一个孤儿也好不到哪儿去
我是约柜之子　旷野里它在众部族前面空抬着　可我走路　因为时代变了　没有人在后面
我是哈马立德大帝雕像之子　**上帝的重量**　在另一种语言里更名为**复仇**　举起刀仍对着黑暗的广场高喊它那令人费解的音节　一只脚踩在难以辨认的死亡日期上　不再有明显的性别　可它的原型是一个狱卒死去的妻子

---

① 尤特人（Utes），主要居住在美国犹他州和科罗拉多州的美洲印第安人。

我是四大元素之子　火　黑暗　盐和眩晕　可我跳舞时把它们当成陌生人

我是云朵西尼之子　它出现在希律王的头顶上　像一个撕裂的白色乳房　所以没被认出来　可我承认　山脊上伤痕累累的薄雾中　它预言的痛苦依然可见

我是灰鼩的后裔　它的遗骸还没有找到　可从我身上可以推断出它的特征　我的牙齿　我的口误　我每个指纹中心萎缩的耳朵　还有头骨底部那扇门的大小　现在表演者从那儿出场　每个人的眼睛都盯着这个等候的乐器

我是火鸟之子　它没有眼睛　可独自在陌生的树林里默默等待之后　它对着自己歌唱

我是恐惧之子　可这意味着我永远不会迷失

我是辛勤劳作之子　可胜利属于那些无所事事的旗帜

我是痛苦之子　可时间细心照料我

我是小人物之子　可我一走　那些岛屿就变黑了

我是首个安息日之子　可在我后面就来了第八日

我是饥饿之子　饥饿和饥饿连绵不绝回到腔肠动物的嘴里　可就连我　也已经饱了

我是悔恨之子　它深入骨髓　可我也许并没有

我是分裂之子　可钉子　铁丝　搭扣　螺栓　锁夹子　那些把我拢到一起的束缚是我遗传的一部分

我是冷漠之子　可漠不关心是诸神生命中的一个阶段

我是否定之子　可记忆把它的知识浸泡在欲望之中

我是盲目之子　可我看着光伸开了一只翅膀

我是天堂寂静之子　可我一喊　黑暗天使便纷纷坠落

我是事物本来面目之子　可我对它们的了解　多半只是根据对它们的记忆

我是告别之子　一个我　不会再回来了　可一个我　永远不会忘记

我是暴力之子　无知的先驱　可封印是高贵的

我是星星之子　从未见过的星星　永远不会被看见　因为他们的光还没有照到我们　我们就已经离开了　可它们要求的是和我们在一起　现在　马上

我是爱之子　可我在我手心里把你弄丢了

我是囚犯之子　可我放出来的时候　我有一颗金牙　一张装在铂金吊坠盒里的二老照片　一副

白色金属镶边的眼镜　一枚珍珠耳环　一把银柄上有耶路撒冷图片的刀　我被重新组装　不断寻找自己　重新开始团聚的过程

我是危险之子　可不确定之星啊　我的祈祷能抵达你吗

我是盲目之子　可我们所造的东西没有一样看着我们

我是虚假之子　可我曾见过天堂里的孩子成双成对和自己牵手而行

我是看守之子　可他和钥匙一起被埋了

我是光之子　可它叫我撒母耳还是约拿呢①

我是愿望之子　一个比水还老的愿望　可直到现在我还需要

我是幽灵之子　他像道路一样紧紧抓住世界　可明天我要另辟蹊径

我是废墟之子　它已经在我们中间　可有时我在怀疑　荒漠　理智之外找到了希望　于是我祈祷　哦　死后伤口会愈合

我是危险之子　可继续讲你认为属于你的故事吧

我是爱之子　可刽子手是我的兄弟

---

① 撒母耳（Samuel）、约拿（Jonah），《圣经》中的两位先知。

我是爱之子　可那些岛屿是黑色的
我是爱之子　为此父母之血在恐惧中摸索　仿佛
　它是赤裸的　为此太阳囚禁在光的笼子里
　而我们是他的痛苦

布谷鸟神话

我听见　和布谷鸟待一起吧
然后　我听见布谷鸟
然后　我出生了

布谷　布谷
隐藏的她
歌唱
在黑暗的矮树丛
在幽灵停留的
洞开的大门
布谷
从失落中　光升起一个
耐心等它的声音　它的隐藏

布谷鸟　在她的时间里
歌唱　看不见

因为被不幸看见的

翅膀

会坠落

又飞向最初的季节

飞向那未分裂

从那儿折返　给万物

带来**爱**

一片照见不幸的光

但光耐心等它

它的隐藏

布谷鸟　在回声里

歌唱

因为坠落跟随的那个声音

坠落

又在岁月之下

飞向那不转向

从那儿折返　给世界

带来**死**

一片照见不幸的光

却是一片从失落中

升起的光

布谷　布谷
随着时间歌唱变化
现在　她又飞走了

第二赞美诗：信号

当牛角在冰岛的潜丘中

  响起

  我孤独

  我的影子跑回我身边躲藏

  那里容不下我们俩

  还有恐惧

当牛角在蓝阶梯上响起

  那里回声全都是我母亲的名字

  我孤独

  就像洒在街上的牛奶

  白的乐器

  白的手

  白的音乐

当牛角声像羽毛一样在几条河流中的

  一条升起

  并非所有的河流我都来过

音符开始朝向大海

　　我孤独

　　就像盲人的视神经

　　虽然我面前写着

　　这就是过去的终结

　　开心点吧

当牛角从它血的流苏中响起

　　我总像是在打开

　　一本书　一封信　或趴在井顶

　　它们都不是我的

　　一托盘手套已经放在了

　　我的手旁边

　　我孤独

　　就像停摆的钟里的时间

当牛角受到它兄弟的打击

　　悲伤的低声否认

　　又用它的黑手向前摸索

　　我孤独

　　就像留在沙漠里祈祷的石头

　　当上帝自我撤离后

　　我在

　　我还在

当牛角在死牛的上空响起

枪在手里变得越来越轻

　　恐惧者我

　　试图摧毁我这个恐惧

　　我孤独

　　就像失去勇气的一张弓

　　我的死亡潜入我身体躲藏

　　就像水入石丛

　　在大寒之前

当牛角声在寂静中升起

　　某人的气息拂过我的脸

　　就像苍蝇的飞行

　　但我在这个没有你的

　　世界里

　　我孤独　　就像悲伤笼罩

　　长期给我们带来便利的一切

　　孤独如号角的音符

　　如人类的声音

　　最悲伤的乐器

　　如一粒白沙落入平静的大海

　　孤独如她夜夜独自洗梳的身影

孤独

如即将的我

笔

在火城里　眼睛
向上看
那儿没有记忆
除了烟雾的书写　在写等待
等
待

在藏着星星的
光下面
那白色的
隐形的星星它们也在
写

读不了

祖　先

我想我在子宫里很冷
瑟瑟发抖　我
记得
我想我哥哥也受了寒冷之苦
他先我睡在那里
我敢肯定更早的约翰也冷
就像黎明之前的
所有人
就算他们隐了姓埋了名
如今也只有他们的冷为人所知
我相信他们颤抖着
躺在从前的那里
像牙齿一样舞动　全都在
预言　我就是他们
如果颤抖的不是名字
如果舞动的不是时间

如果渴望的不是时辰

在月圆夜

声　音

给简·科斯坦（1916—1968）

现在　你将不会遇见
任何人
我的老姐
黑暗里你会
坐在她的呼吸旁
她会告诉你我不知道的事
就像她什么都记得似的
她就是那样
我从未见过她
但我想念的是你

现在　她会坐在你身边
牵着你的手围成一圈
说她在听　但是
你会听到　你会听到她对每个人

说的话　尤其是对我的朋友
她告诉你的是好事吗
有什么我想知道的吗

她亲弟弟
可我只记得
后来的事
我们都这样

现在
我越来越多记起
你的声音
并不像我在梦里
听到的那样
你死的那个晚上
当它不再属于你

最后的人

我们的花来日无多
我们不再知道
只言片语
写在白花瓣上的最后留言在哪儿
它们出现在枯萎时
但用了谁的语言呢
我们怎好去问

气味中浮现的其他留言
我们听
听
当它们越来越微弱

当我们带着所得
回家的时候
当我们吟着古诗爬上阶梯的时候

我们从那里升起的大海
越来越深
当我们打开门的时候
当我们关上门的时候
尘埃
继续在我们脑中沉落
继续在我们心中沉落

在日子的尽头
我们所有的脚步都加起来
看有多近

会留下什么呢
老人的王国还能存在多久呢
鹅卵石的线条预示着
家宅
石上的茶杯
谁来喂狗呢
从前是这样的

从前是这样的
胜利需要漫长的准备

跌跌撞撞穿越爆裂的

胶片光

我们似乎知道

他们的脸在消失前

皱缩了起来

就像燃烧的报纸

当植物的特征产生于植物

且看它们经过

且记住

第三赞美诗：九月愿景

给高威·金奈尔 [1]

我看见手　太阳从那里升起一个
　　寻找思想的
　　记忆
我看见一个个黑色的日子
　　石头的思想
　　怎么去
　　就怎么来
　　它们封闭的道路
我看见一只空鸟笼
　　寻找一颗心的
　　一个记忆
　　被要求感受更多

---

[1] 高威·金奈尔（Galway Kinnell，1927—2014），美国诗人，曾获普利策诗歌奖，代表作有《梦魇之书》等。他是默温在普林斯顿大学的同学。

却感受更少

我看见一只空鸟在飞

　　它的歌声跟着我

　　伴着我的名字

　　伴着我名字

　　冰裂的

　　声音

我看见那只鸟的眼睛

　　在每片光里

　　在雨中

　　在镜中

　　在眼睛里

　　在勺子里

我看见清澈的湖水漂浮在我们身上

　　它们的褶边触抚着我们

　　带走它们从未

　　带来的秘密

我看见分裂的舌头

　　诞生的语言

　　必须在痛苦中

　　成长

然后动身前往尼尼微 ①

我看见一只飞蛾靠近

　　像隐形动物的耳朵

　　而我并没有呼唤

　　我看见铃铛骑在死马身上

　　从来没有像这样的寂静

　　哦　万物　有空来和我们聊聊吧

---

① 尼尼微（Nineveh），西亚古城，亚述帝国的都城。

收获之后

每晚都能听到雨声
是屋顶工的遗孀在找他
在她的玻璃梦里

现在清楚了

现在我清楚了　没有树叶是我的
没有树根是我的
无论我走到哪里我都是森林里的一缕烟
森林会知道
我俩都会知道

鸟儿消失是有原因的
我记得
从我身边飞走　仿佛我是一阵大风
石头沉入地下
树木沉入它们自己
凝视着　仿佛我是一阵大风
这正是我所祈求的

我清楚自己回不去了
但我们有些人还会再见面

甚至就在这儿
就像我们自己的雕像
有些人到最后还没有名字
有些人会随着无尽离去的
速度而燃烧

被发现而不再失去

十月夜只有一片叶子的人

当叶子学会了飞翔它们就会变黑
日子也是如此
但在夜幕初垂时的风中
突然的喜悦
从一棵不知名的树上传来
我还配不上你

来自那条河的女人

我以为站在我身边的
是一扇空门
原来是你
我能看见　你站在那里
冷得像根柱子
而他们在编造关于你的故事

秋天的深夜

前方的山里　痛苦在移动它的光
穿越自我的黑暗天空
我想　是步行
它老了
岁月很快就会回家　它的家人也听说了
但在我灵魂的某间屋子里
寒冷的远山又传来一声呼唤
这儿的每扇窗上都挂着一只手套
哦　还有很长的路要走

宁静的下午光

熟悉的爱站在深林里
新的爱赤裸于平原

我出生前的
舞曲唱片

用一枚新唱针播放

禁止跳舞

亲　属

天黑前爬上西坡
我的烟影
老人

在爬那座老人山

最后
鸟儿将什么引导给了我
是寂静

它们把它留给我
黑暗里
它们　传

我　承

春天的记忆

第一位作曲家
只能听到他能写的东西

迹　象

我的前半生
在看河边的鸟

———

黎明
白鸟展翅欲飞

———

在任何地方
都很奇怪

———

叶子懂花
很懂

———

每个睡眠者
都为他的光
所困

———

波浪在切

切

——

寂静

是我的牧者

——

一回生

永远生

——

小狗狂吠

在很远的墙里

——

风在黑暗中醒来

知道发生了什么

——

音乐停止

在海湾的另一边

——

禁止通行

——

一个盲人

家里的

窗

——

一声喊叫
使屋顶变黑

——

蓦然一笑
像一只鞋

——

没有开启阴影的钥匙
风摇撼它们

——

寂静的河流
毫无理由地
向我们坠落

——

城市
站在河边
举着火把

——

不是国家的一部分
是地平线的一部分

——

窗帘

记得我小时候的样子

——

种子的苦涩

知识的一种

——

人

直至他们进入那栋楼

——

看看他们的鞋子

就知道他们受伤

有多严重

——

聋子

倾听他的心

听见一个巨星的名字

从未见过

——

雪

落在梅园里

好像它以前来过似的

——

钟声响起

天空暗下

——

不以

它们本来的方式

而以阻止它们的方式出现

——

显灵

——

晴朗的夜

鱼

在星空里跳跃

爪　子

我和第一缕灰光一同回到

我的四肢

这儿是我手下面的灰爪子

母狼珀迪塔①

回来

睡在我身旁

她的脊椎一节一节

抵在我胸前

她的耳朵靠着我左侧的肋骨

那儿心脏在跳动

她把它的声音当作

她爪子的脉搏

---

① 珀迪塔（Perdita），Perdita 在拉丁语中是"失去的人"的意思，在意大利语中是"失去"的意思。莎士比亚首先在《冬天的故事》中将 Perdita 用作人名。

星光下我们再次奔向黑色的

锯齿状山脉

哦　珀迪塔

我们在黑暗的晨曦上飞驰

你和我没有影子

没有影子

在同一个地方

所以她回来了

又是在黑暗时刻

在打开的睡袋前奔跑

我们一起

跑过了这些时刻

再次

我手指下面的

爪子上有血

在流

于是黑色高地上

又有了血

在她的足迹里

我们的足迹里

却像影子一样在消失

又有血

抵在我肋骨上

哦　珀迪塔

每个伤口都使她变得更美

仿佛它们是星星

我知道

腰腿肉是怎样凹下去的

在黑暗中全速展开

就像一个星座

我听见

她的呼吸在冰原上移动

我的心

跳得更快了

她的血从我的指间涌出

为了见她我闭上眼睛

再次

我的路

在星辰陨落之前

在山脉隐没之前

在虚空醒来之前

在白昼之前

但是我们消失了

线

展开黑色的线

穿过地道

你来到满是鞋子的

宽墙

鞋底突出在

你呼吸的空气里

从一边挤到另一边

从地板挤到天花板

没有名字

没有门

尸体

像瓶子一样堆积在它们前面

一代

叠一代

一代又一代

他们的线

沉睡在他们手里

地道中满是

他们的尸体

从那里

一直延伸到山的尽头

那时间的开始

那光天化日

那鸟

而你正在展开

西比尔①的歌

试图找到她

超越你的死亡

---

① 西比尔（Sibyl），希腊神话中能预言未来的女巫。据说她永生而日渐衰老，T.S.艾略特在长诗《荒原》的题记中就用了关于西比尔的典故。

祝　福

宽阔的道路上有一个祝福
蛋壳路　烘烤的高速路
有一个祝福　一个老妇
快步跟在他后面

小孩跟在他后面的步伐

他今天离开了
坐一辆快车

直至或除非
她和他在一起
车流将她穿越
仿佛她是空气
或不在场

她可以只对他说话

她可以告诉他

只有他可以听见的话

她可以救他

一次

也许就够了

她行色匆匆

他过得很好

他呼吸更顺畅了

他有时还会烦恼

因为觉得

自己忘记了什么

但他认为自己是在逃避一个可怕的

骑手

开　始

春天还远

有一天黑鹤之王

飞起

从黑色的

针眼

在白色的平原上

在白色的天空下

王冠转动

那只

钻透了他脑袋的眼睛

转动

处处都是北方

他说　出现吧

于是出现了

光还没有

分裂

离那最初

发生点什么

还有很长的路

即便如此

我们也将开始

带上你的夜吧

最初的黑暗

也许他甚至不需要存在

在离别中存在

然后最初的黑暗降临了

即使在那里　所有的石头也都散发着光芒

虽然能看见它的眼睛还没有造出来

说着　汝等

是**有福的**

糠

那些不能爱天或爱地的人
被天地打败
吃对方
那些不能爱对方的人
被对方打败
吃自己
那些不能爱自己的人
被自己打败
吃难吃的面包
早上揉好盖着湿布一整天
在黑暗中烘烤
它的甜香让糠像空手一样飞舞
夜复一夜穿越旋转的天空
用小鸟的声音呼唤
它的麦粒

第四赞美诗：裹尸布

她用自己的手给他做了一个屋顶
  她根据他自己的声音
  编排用来挡风的墙
  她用他自己的梦来粉刷窗户
  各有各的王国
  而门都是她用他的眼睛
  做成的镜子

  但当她打开它时他不见了

  幻景消失了
  见证
  消失了

她给他做了一个愿望的笼子
  他力所能及地帮忙

帮了很长时间

而且确实帮了大忙

但当她打开它

她给他做了一个同意的网

　　那里他可以在自己的位置上打转

　　就像在自己血脉里的眼睛

　　就像在自己时间里的地球

　　她用泪水将之悬挂

　　它们两个的泪水

但当她打开它时他不见了

请求

消失了

她给他做了一个香木盒

　　她知道他记起了他的童年

　　四角她已经画好的玫瑰柱好似烟雾

　　她在盖子里面添了颗星星

但当她打开它

她给他做了一张床　就像命运
　　掌握在新生儿的手中
　　但它们不在那里躺卧
　　它们早已起身

　　当她打开它时
　　他不见了

　　哭走了　笑也走了

他们用名字给他做了一道围栏
　　每个都有自己的故事
　　就像他自己的牙齿
　　它们声称拥有
　　他的耳朵
　　但他有别的耳朵

　　当他们打开回声时他已经消失了
　　甚至回声

他们用一棵树给他建了个方舟
　并为他规划好了地方
　每个种类一对

　但在下雨之前
　他不见了

　手的法则消失了
　血脉的黑夜消失了
　太阳穴的跳动消失了

　天空中的每一张脸都消失了

网

这就是思想
细瘦的灰色旅行动物的这条腿
又被网缠住了
撕扯
在血的长袜里

旧伤疤醒来
以网的形式揭开

无缝构造本身
在它附着的地方流血

而黑暗的翅膀一直
在哭
哭着从高空飞过

哦 网

在沙滩上编织你
在水面上编织你
在雪地上编织你
在草地上编织你
在群山上编织你
在羊羔的头上编织你
在鱼的身上编织你
在一张张脸庞上编织你
在一朵朵云彩上编织你
在痛苦本身之上编织你

眼泪像露珠一样在你身上闪烁
血在你抱过我的地方四处浸溢
白天和黑夜
保持它们的距离
无声无息

但我也记得嗡嗡作响的间隙
当我像一只手在竖琴上划过你
即使现在

没有回声的天空里鸟儿追逐我们的音乐

也希望能再听见它

信

你读到这封信的时候

在下一页它是黑暗的

哀悼者睡在那儿
感觉他们的脚在潮水里

暮色中一只动物在我面前站起身消失了
你的名字

你一直和我在一起　也在下降
冬天
你记得
有多少东西凑近一个名字
希望被喂养啊

它变了　但它的名字
还是同一个
我告诉你　它还是同一个

刺柏丛中的饿鸟
整夜
雪

整夜

你读到这封信的时候

大地上我们睡在一起的
最后居所的地址
会以某个价格支付
在电话上拨打
会作为身份证明佩戴

在没有标记的地方　里程表上通过
由机械装置倍增
分配　再分配
专注地

一直守卫着我们

守卫过去　未来

现在

无面的天使

每场雨水都冲刷得他更加接近他自己

但我告诉你

你读到这封信的时候

无论在哪儿

我告诉你

面朝西海的碑文

所有波浪的领主
卷入横跨一万里的战役
岁月　冲突　风　死去的月亮
无人乘骑的马匹　杳无音信
他快速地鞠着躬放下并收起
他的旗
太阳等着带他回家
旗渐渐褪色
沙
星星　又聚到一起观战

忧 伤

想着你　我俯身寂静的水面
这颗头颅
出现了
地球在转
天空却一动未动
一根接一根　我的睫毛自我解脱
掉落
第一次遇见了自己
也是最后一次

轻声呼唤

傍晚时分
群山渐渐靠近　超越从一个
无风的王国起航的沙漠

寂静穿越了鸟群
它们的影子冻结

你在哪里

你在哪里　你在哪里
我已在一座快山上启航
它的影子无处不在

雨后夕阳

老云经过　哀悼着她的女儿
听不见别人对她说的话
每分钟都是一扇从未打开的门
———
小小寒流　无论我去向哪里
你都触动了那颗
黑夜相随的心
———
黑暗寒冷
因为星星不相信彼此

挽　歌

我该写给谁看

花开时节

白蜡树

对于从那一片海

驶入的她来说是神圣的

遍布你全身的叶脉

细如麻雀的骨头

凝然流出

在白色的天空

一种没有呼吸的

音乐的线谱

对我吟唱

译后记

默温,全名威廉·斯坦利·默温(William Stanley Merwin,1927—2019),20世纪美国最具影响力的诗人之一。他是一位屡获殊荣(包括两次普利策奖、坦宁奖、美国国家图书奖以及两次美国桂冠诗人称号)的诗人和翻译家,也是一位杰出的散文家和评论家,其文学地位的奠定主要归功于他跨越七十余年、出版二十多部诗集的诗歌创作。他的大部分诗作纳入了非营利性美国经典作品出版商美国图书馆(LOA)出版的两卷本近一千五百页的《W. S. 默温诗集》(2013)。他还是一名虔诚的佛教徒、坚定的反战活动家和环保主义者,晚年致力于夏威夷雨林的恢复。

1927年9月30日,默温出生于纽约市。父亲是一位严厉的长老会牧师。宗教家庭孩子身上特有的道德紧迫感,赋予默温的作品一种独特的声音。1936年,默温随家人搬到宾夕法尼亚州的斯克兰顿,他父亲在那里的长老会教堂担任牧师。经常在空荡荡的教堂里听父亲朗读《圣经》的童年默温表现出了对诗歌的最初兴趣——"被字音迷住了",开始帮父亲写一些简短的赞美诗。喜欢阅读的默温十三岁时接触到了康拉德的小说,"《黑暗之心》的第一页就像咒语一样攫住了我,读着读着,我渴望能够写作,于是我开始尝试"。

然而,到了大学,写诗才是默温的真正爱好。1944年默温被普林斯顿大学录取,主修英语。据默温自己回忆,他花在大学马厩骑马的时间比在课堂上的时间还多。但他在普林斯顿遇到了两位影响他一生的老师:诗人兼评论家R. P. 布莱克穆尔和诗人约翰·贝里曼。在他们亦师亦友的引导下,默温如饥似渴地阅读弥尔顿、雪莱、华莱士·史蒂文斯、埃兹拉·庞德和威廉·卡洛斯·威廉斯等人的作品;庞德成了他的文学榜样。1946年9月,默温致信还拘押在圣伊丽莎白医院的庞德,对老诗人的处境表示同情,并要求与之通信。庞德建议默温:"试着每天写七十五行。在你现在这个年纪,你没有什么东西可以写上七十五行的,就算你自认为有。所以,你要做的就是获取语言和翻译。"翌年,默温去圣伊丽莎白医院拜访了庞德。后来庞德在一张寄给默温的明信片背面附言"Read seeds, not twigs"(读种子,不要读细枝);换言之,要读源头作品,而不是那些受它们影响的作品。庞德认为西方诗歌的源头是中世纪用奥克语写作的欧洲吟游诗人。后来默温对罗曼语族的语言的兴趣和对翻译的倾注，应该说与庞德的引导有着直接的关系。

1947年大学毕业后的暑假，默温报名参加了普林斯顿大学的研究生课程学习罗曼语族的语言。翌年中断学业，开始靠做家教和自由翻译谋生。默温是他那一代为数不多没在大学里教过书的诗人之一，认为"写作应该是一件完全没有组织、没有制度化的事情"。他反感大学里的"创意写作"项目，更愿意在学术机构之外，作为一名自给自足的语言工作者而生存。1949年默温去了欧洲。欧洲七年，他的足迹遍及法国、意大利、葡萄牙、西班牙、英国等地，直至被洛克菲勒基金会任命为马萨诸塞州剑桥诗人剧院的驻场剧作家一年后的1957年，默温才"第一次回到美国"。同年，诗人剧院的驻留一结束，默温便折返了英国。直到1977年在夏威夷的毛伊岛买下一个小种植园定居，之前的二十年，默温绝大部分时间都旅居在国外。回顾默温生前的三次购房经历，我们不难发现，它们都是旅行途中的偶遇，都远离美国本土：1954年法国西南部一间半毁的农舍；1970年墨西哥恰帕斯州一座毁坏的女修道院；1977年夏威夷毛伊岛一间破旧的木屋和三英亩半的小种植园（1986年又购入两块相邻的土地,扩展到了十九英亩)。间或回到美国本土,默温总是采取临时租住的方式过渡。而被默温称为"世界地理上最孤立的地方"的毛伊岛成了他的"最后一个地方"。

大三时就下定决心要做一个诗人的默温,一出校门就意气风发地投身到他的文学事业中,并在诗歌、戏剧、翻译、回忆录(散文)等方面表现出惊人的创作力。第一部诗集《两面神的面具》(1952,下文简称《两》)一问世就引起了评论界的关注,并被 W. H. 奥登选为耶鲁青年诗人奖的出版对象。《两》中的诗歌大多取材于《圣经》故事、古典神话、骑士传奇、文艺复兴时期的复述,形式上则集中展示了他对颂歌、商籁体、六节诗、民谣、回旋体等欧洲传统诗体的模仿与借鉴。奥登这位前辈在该书的前言中不吝赞美:"默温先生不仅关注西方神话中所表达的西方文化的传统观念,而且对西方传统的诗歌技艺也表现出令人钦佩的尊重。"《两》是默温在整个文学生涯中获得一长串出版、奖项和资助的开始。

如果不计阶段性的选集和合集,默温生前共出版了二十二部诗集。虽然大学时贝里曼曾告诫他"写诗从来都不是一种你完全可以控制的深思熟虑的行为",但其后七十年的写作生涯表明,默温更多践行的是庞德的主张:"不要把写作看作偶然的、浪漫的或灵感的(偶尔的)东西,而是一种自发的、源于纪律和对某事的持续投入。"默温平均每十年有三部诗集问世,如此高产和均衡的"输出",得益于他一直坚持的纪律性写作——每天早上都会躲到他的私人空间里沉思和写作。

* * *

1970年出版的《搬梯子的人》(下文简称《搬》)和之前的《虱子》(1967)同属默温早期的代表性作品,至今仍是最受关注的诗集。《搬》1971年获得普利策诗歌奖,但默温以反战为由拒绝了这一奖项。《纽约书评》刊登了他的一封来信:"我很高兴得知评委们对我作品的重视,我要感谢他们愿意公开自己的意见。但是,多年来从东南亚传来的消息和华盛顿的评论使我意识到,作为一个美国人,我不能优雅地接受公众的祝贺,也不能欢迎它,除非把它当作公开表达羞耻的机会:许多美国人日复一日无助地、沉默地感到羞耻。我想把奖金平分给艾伦·布兰查德——加州的一位画家,当他在屋顶上观看远处发生的美国事件时,被警察的武器弄瞎了眼睛——和抵制征兵组织。"对此,他的长期编辑哈里·福特和他的伯乐奥登都认为此举"不明智"。奥登在给《纽约书评》的信中表示,虽然他赞同默温的政治观点,但他抗议默温将该奖政治化的做法。作为回应,默温反问道:"用它来再次表达我们对卷入这场罪恶的厌恶,难道有辱现在的荣誉?"而之前在一个抵制征兵募捐会上的话也许更能表明默温的态度:"我不是那种有时被称为'有政治头脑'的人。政治本身就让我深感厌烦,而认为自己最终有能力操纵别人的生活,这只会使我感到沮丧。但是,不公、官方暴行和对个人自由的肆意践踏都围绕着我,当我有机会对它们说不的时候,我不能假装事实并非如此,也不能假装我能接受它们。"

默温的诗歌以晦涩难懂著称,就连他的诗歌编辑也经常抱怨"不知所云",更不用说只读过他一两部诗集的普通读者了。默温追求的诗歌理想频频让读者的阅读期待落空,这和他的"善变"不无关系。事实上,默温诗歌语言的前后变化如此明显,以至于其他诗人和评论家对他作品的许多早期评论,现在听起来出奇地不恰当,就好像他们说的是另一个诗人。文学评论家哈罗德·布罗姆也因此称他为"Protean Merwin"(变化多端的默温)。《搬》引起的争议除了上述的拒奖事件外，主要还是集中在它的诗歌语言。从《移动靶》(1963)开始引入的主题和形式结构在《搬》中达到了高潮，默温也借此完成了他向"美国诗人"的蜕变。（之前的诗歌主题和形式有大量的欧洲元素，有些人就把它们视为旅居海外的默温写的旅行诗。）

相对《两》，我们不难发现《搬》从古典神话到家庭神话、从形式主义到简化主义、从格律诗到自由诗的颠覆性改变。艾德丽安·里奇说他"比我们这一代的任何其他美国诗人都更隐秘、更深刻、更大胆"。如果说《两》还是默温通过将他从阅读和翻译中获得的韵律和意象融入英语写作、不断探索母语可能性的学徒期成果的话，《搬》更像一个音乐家对他的乐器一番调试后的正式演奏：默温终于找到了自己的美国声音。在《搬》的九十三首诗里，我们强烈感受到默温对语言的强烈怀疑和恐惧，即写作是人类思想的同谋，而对人类思想的解释就是毁灭。《搬》走向了《两》的反面，它拒绝语言的复杂性，变得克制和直接。而这种直接的简单却令读者感到疏离。美国诗人保罗·卡罗尔谈到他研究了五年的一首默温的诗时，说它仍然是"一个谜……简单却晦涩，甚至令人不安"。事实上，"谜"成了那个时期对默温诗歌的批评中常见的词汇。对此，默温自己也表示惊讶："多年来，我一直认为自己写得越来越简单直接……人们一直说这些诗越来越难，越来越晦涩，越来越难读。"

难读的还有《搬》中的"无标点"。放弃标点这事最早发生在《移动靶》，诗集进行到三分之二的时候，突然所有标点集体消失了。此后，直到2016年最后一本诗集《花园时光》，标点再也没有回归到默温的诗中。无标点成了默温诗歌的一个醒目标志。为什么放弃标点？在不止一次访谈中，默温就此作出了解释。比如下面两个回应：

取消标点的部分原因可能是我多年阅读西班牙和法国诗歌的结果。突然间，它们似乎成了传统的一部分，只要我想要，它们就是我的。而且，我开始相信诗歌与口语的关系比与散文的强得多。标点基本上与散文和印刷文字有关。我开始觉得标点就像把词语钉在纸上。既然我想要的是口语的流畅和轻盈，实现这一目标的一个步骤就是取消标点，让词语的运动自己加标点，就像它们在日常讲话中所做的那样。

标点似乎把诗钉在了页面上，但如果我把那些订书钉拿掉，诗就会自己从页面上飞起来。这样，诗就有了一种完整和解放的感觉，这是它之前没有的。从某种意义上说，这让它成了口头传统一个最近的回声。这一切给了诗歌新的规则，一种新的存在方式，我还没有改变到想要放弃这么做的地步。

值得注意的是，默温的"无标点"是个系统工程，取消标点只是其中的"一个步骤"。想要在阅读过程中完美地复原它们的企图，很可能会让我们走进语法的死胡同。因为它们不是诗人写好后删掉的，而是当初就没给它们留位置。换言之，如果你要求提供一首诗的标点版，诗人很可能会说：那就是另一种写法的另一首诗了，用词可能都不一样。用默温自己的话说，就是"诗歌中的语言有一种不可逆的终局性"。（在此，作为明知不可逆而逆之的一位译者，我想就译本中的标点问题插个话：本译本的译诗遵照原文作了无标点处理，诗行中的停顿则以空格表示；由于中文是意合语言，标明停顿仍属必要。）

那么，如何才能走进默温的世界呢？面对如此富有挑战性的一位诗人，任何阅读指南都可能应了维特根斯坦那句谶语："任何解释都和它所解释的东西一样悬在空中，不能给它任何支持。"读种子，不要读细枝。也许正确的答案还是要从诗人那里寻找。像许多诗人一样，默温经常会在诗里诗外谈论诗艺。下面是和《搬》几乎同时出现的一篇随笔《论开放形式》中的一些观点：

✧ 所谓的形式可能只是诗中直接与时代有关的那一部分。

✧ 形式的成败，要看是否恰当地将诗歌与它所处的时代联系起来。

✧ 中世纪的诗人对"时代在诗歌中的作用"和"诗歌在时代中的作用"都充满信心，而当代诗人却做不到。

✧ 任何形式，无论是格律的还是自由的，如果不能作为发现、揭示世界的一种手段，都是"纯粹的糖果"。

✧ 一首可以复制的诗根本就不是诗。

✧ 我一直有个反复出现的梦，梦见我好像在阁楼里，找到了自己的诗，这些诗既抒情又规整，但又像维庸的那些诗一样清澈，绝无文学的做作。

✧ 最初的反诗派又培养出了其他反诗派诗怪，这些诗怪衰老得更快，因为它们的形态不那么明确，它们的可靠性一开始就值得怀疑。

✧ 诗歌要以最纯粹的形式重现，似乎必须不断回归其赤裸状态，触及所有未实现的东西。

✧ 严格形式之前的"自由"和严格形式之后的

"自由"不一定很相似。

《论开放形式》文章不长,却是默温最重要的诗歌宣言,或者说是诗歌愿景。他希望获得一种"不可复制的共鸣"而不是一种重复的模式,他希望诗歌成为一种见证,他相信诗歌的形式和内容不可分割……

* * *

对主要通过译本来了解外国诗歌的国内读者来说,默温既熟悉又陌生。从杂志或国别诗选里的几首,到诗人诗选集中的几十首,再到完整单行本的全译本,我们逐渐拉近了和诗人的距离,但还是雾里看花。许多读者乐道默温诗歌的"汉诗影响""禅佛元素""新超现实主义",有时不免一叶障目。比如,简单地给默温的诗歌贴上"新超现实主义"或者"深度意象"的标签,只能说明我们对诗人缺乏真正的了解。因为默温明确表示过他的反感:"我从来没有像六十年代的一些人那样喜欢超现实主义。我认为超现实主义绝对有必要阅读和关注,但这是一个我从来不想陷入的地方。对我来说,几乎所有的超现实主义都趋向于变得非常二维化。缺少了一些深度。"所以说,

"熟悉又陌生"的客观原因在于默温的中文读本仍是匮乏。就目前的译介看,晚年默温的诗相对丰富,读者的接受度也相对较高;早期默温的诗则停留在"诗选"的状态,尚无全译本诗集问世。这与产量惊人、风格多变的二十世纪诗人默温并不相称。

约瑟夫·布罗茨基有言:"每个人都应该从头到尾了解至少一位诗人——如果不是作为尘世的向导,那也是作为语言的标尺。"但愿你面前的这个译本能够对你完成心目中的默温拼图有所助益。